**Leserabe**

2. Lesestufe

Bernhard Hagemann • Amanda Krause
Iris Tritsch

## Starke
# Piratengeschichten
### für Erstleser

Mit Bildern von Irmgard Paule,
Anja Rieger und Silke Voigt

Ravensburger Buchverlag

Bibliografische Information der Deutschen Nationalbibliothek:

Die Deutsche Nationalbibliothek verzeichnet diese Publikation
in der Deutschen Nationalbibliografie.
Detaillierte bibliografische Daten sind im Internet
über **http://dnb.d-nb.de** abrufbar.

1 2 3   14 13 12

Diese Ausgabe enthält die Bände
„Piratengeschichten" von Amanda Krause mit Illustrationen von Irmgard Paule,
„Potzblitz, Piraten!" von Bernhard Hagemann mit Illustrationen von Anja Rieger und
„Der Piratenpapa" von Iris Tritsch mit Illustrationen von Silke Voigt
© 2004, 2005, 2010 Ravensburger Buchverlag Otto Maier GmbH

Ravensburger Leserabe
© 2012 Ravensburger Buchverlag Otto Maier GmbH
für die vorliegende Ausgabe

Umschlagbild: Irmgard Paule
Umschlagkonzeption: Anna Wilhelm

Printed in Germany
ISBN 978-3-473-36281-3

www.ravensburger.de
www.leserabe.de

# Inhalt

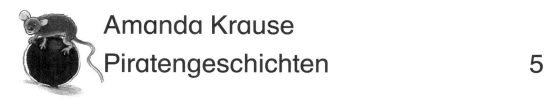
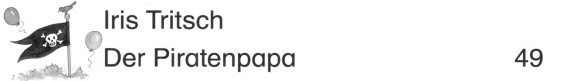

Amanda Krause

# Piratengeschichten

## Mit Bildern von Irmgard Paule

# Inhalt

# Volltreffer

„Jippih", trällert Schwarzbart
und stapelt
die Kanonenkugeln.
„Endlich lichten wir Anker!"
Alles an Bord wird
auf Hochglanz gebracht:
Die Segel werden geflickt,
die Kanonenrohre poliert
und die Piratenflagge
flattert auch schon am Mast.
Das Piratenschiff Haifischzahn
kann endlich wieder
auf Kaperfahrt gehen,
denn die Geldtruhen sind leer
und die Vorratskammern auch.

Kapitän Holzwurm ruft
seine Leute zusammen und sagt:
„Beim Kapern darf es nicht hapern.
Übt lieber noch einmal zielen!"
Die Piraten maulen und meckern.
„Das haben wir doch schon
in der Piratenschule gelernt!",
schimpft Einauge.
„Na, dann beweise mal,
wie gut du triffst",
meint Kapitän Holzwurm.

Er rudert los und verteilt
überall in der Bucht Ziele:
eine Luftmatratze, eine Plastikente,
ein Floß und einen Schwimmring.
„Beute in Sicht", ruft Holzwurm.
„Los, versenkt die Luftmatratze!"

„So ein doofer Kinderkram",
maulen die Piraten und stopfen
missmutig die Kanonen.

„Feuer und Schuss", brüllt Einauge.

Er zündet die Kanone.

Aber die Kugel platscht ins Wasser,

weit hinter der Luftmatratze.

Die anderen Piraten kichern.

„Ich zeige dir, wie das geht!",

prahlt Schwarzbart.

Er zielt und feuert.

Aber die Plastikente

wird nicht einmal nass.

Die Piraten feuern
eine Kanone nach der anderen ab,
aber niemand trifft.

„Hört sofort auf,
ihr schielenden Krähen!"
Wütend rudert Holzwurm
zum Piratenschiff zurück.
„Auweia! Jetzt gibt es Ärger",
murmelt Einauge nervös.
„Wir müssen ihn aufhalten!"

Aber womit?

Alle Kanonenkugeln

sind verschossen.

„Damit geht's", ruft Schwarzbart.

Er schleppt einen Eimer herbei.

Die anderen kichern.

Hastig stopfen die Piraten

die Kanone.

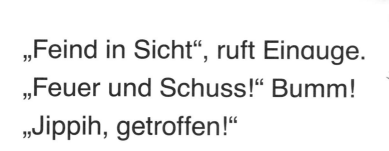

„Feind in Sicht", ruft Einauge.

„Feuer und Schuss!" Bumm!

„Jippih, getroffen!"

Und wirklich: Kapitän Holzwurm
ist von oben bis unten
mit stinkenden Fischgräten
und fauligem Seetang bedeckt.
Er brüllt wütend:
„Ihr verflixten Blindschleichen!"

„Wieso Blindschleichen?",
fragt Schwarzbart grinsend.
„Das war doch ein Volltreffer!"

## Zwei Morgenmuffel

„Frühstück für den Kapitän!",
sagt der Koch wie jeden Morgen
zu Nils, dem Küchenjungen.
„Immer ich!", seufzt Nils.
Er nimmt die große Kiste
mit heißem Grießbrei und
einer Tasse dampfendem Kaffee.

In der Kapitänskajüte
wird laut geflucht:
„Verdammt und zugenäht,
wo bleibt mein Frühstück?
Ich habe Hunger wie ein Wal!"

Nils klopft und öffnet die Tür.
„Wieso kommst du jetzt erst?",
schreit der Kapitän und wirft
einen Stiefel nach Nils.

Nils duckt sich und schiebt
die Kiste in die Kajüte.
Dann macht er die Tür
schnell wieder zu.
Der zweite Stiefel donnert
von innen gegen die Tür.
„Glück gehabt", seufzt Nils.

Eine halbe Stunde später
bringt der Kapitän das Geschirr
zurück in die Küche.
Nach dem Frühstück hat er
immer die allerbeste Laune.

„Das Frühstück war köstlich.
Vielen Dank, Nils!"

Ehe Nils etwas erwidern kann,
ruft der Mann im Ausguck:
„Hilfe, ein Seeungeheuer!"
Nils, der Kapitän und alle Piraten
laufen an die Reling.

Tatsächlich taucht vor dem Schiff
ein riesiges Seeungeheuer
aus dem Meer.
„Kanonen klar!", brüllt der Kapitän.
Die Piraten zielen und feuern.
Aber die Kanonenkugeln prallen
an der Haut des Ungeheuers ab
wie Gummibälle.

Das Seeungeheuer peitscht
den Schwanz ins Wasser.
„Igitt!", sagt der Kapitän und
gießt das Wasser
aus seinem Stiefel.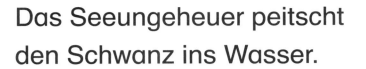
Das Ungeheuer
kommt näher.
Und es hat
ganz üble Laune,
das sieht man
sofort!

„Was sollen wir jetzt bloß tun?",
fragen die Piraten.
Der Kapitän ist ratlos.

„Holt unsere Vorräte", ruft Nils.
„Ladet damit die Kanonen
und schießt ihm direkt ins Maul!"
Keiner hätte es geglaubt.
Aber das wirkt.

Das Seeungeheuer sperrt
sein riesiges Maul weit auf.
Gierig verschlingt es
45 Streuselkuchen,
15 Kisten Bananen
und 12 Schinken.
Dann rülpst es zufrieden
und taucht unter.

Die Piraten seufzen erleichtert:
„Das war eine tolle Idee, Nils!"
„Woher wusstest du,
dass das Ungeheuer Hunger hat?",
fragt der Kapitän erstaunt.
„Ganz einfach: Sie haben
vor dem Frühstück auch immer
ungeheuer schlechte Laune!",
antwortet Nils.
Der Kapitän grinst und sagt:
„Zum Glück weißt du, wie man
mit Morgenmuffeln umgeht!"

## Fenlasen für Christine

Leif ist ein schrecklicher Pirat –
und seitdem er
die Piratin Christine kennt,
ist er außerdem verliebt.
Er bringt ihr immer etwas mit,
wenn er zur See fährt:
Säbel, Kekse, Hüte, Messer ...
Aber das nächste Mal will Leif
etwas Besonderes für sie finden.
Christine hat nämlich Geburtstag!

„Über was freut sie sich wohl?",
überlegt Leif und grübelt.
Wenn die anderen Piraten
ein Schiff kapern,
merkt Leif das gar nicht.
Schließlich haben die Piraten
die Nase gestrichen voll.
„Du sollst kapern
und nicht grübeln", sagen sie.
„Frag Christine doch, was sie will!"

In der Meerenge von Gibraltar
finden sie endlich Christines Schiff.
Leider ist der Wind sehr stark.
Sie können nicht
nahe heranfahren.
„Was wünschst du dir
zum Geburtstag?", brüllt Leif.
„…lasen!", ruft Christine zurück.
„Was?", schreit Leif.

„...fenlasen!",
ruft Christine, so laut sie kann.
„Was?", schreit Leif wieder.
Aber da kommt
ein heftiger Windstoß
und Christines Schiff
segelt pfeilschnell davon.
„Was sind denn Fenlasen?",
fragt Leif die anderen Piraten.
Die zucken ratlos
mit den Schultern.

Auf den nächsten Schiffen,
die sie kapern,
ruft Leif nicht mehr:
„Geld oder Leben!"
Sondern er fragt:
„Habt ihr Fenlasen geladen?"
Aber weder die Kaufleute
noch die feinen Damen wissen,
was Fenlasen sind.

„Vielleicht kann man Fenlasen
nicht rauben", überlegt Leif.
„Vielleicht muss man sie kaufen."
Im nächsten Hafen
geht er an Land.
Er fragt beim Bäcker:
„Haben Sie Fenlasen?"
Der Bäcker schüttelt den Kopf.
„Wir haben Brot und Kuchen,
aber keine Fenlasen", sagt er.

Also versucht Leif
sein Glück im Spielzeugladen.

Aber auch hier sagt der Verkäufer:
„Fenlasen haben wir nicht,
nur Puppen, Autos und Bälle."
„Wo gibt es denn Fenlasen?",
fragt Leif verzweifelt.
Der Verkäufer überlegt.
„Ich glaube, die kann man
gar nicht kaufen", sagt er.
„Die muss man selber basteln."

Also geht Leif zurück aufs Schiff.
Er klebt und backt und malt.
Er bastelt die schönsten Fenlasen,
die man sich vorstellen kann.
Am 2. Mai packt Leif die Fenlasen
in einen bunten Karton
und schenkt sie seiner Freundin.
Christine freut sich sehr.
„Deine Fenlasen sind viel schöner
als die Seifenblasen, die ich mir von dir
gewünscht hatte!",
sagt sie und gibt Leif
einen dicken Kuss.

## Oskar, der Glückspilz

Seinen Goldtaler hütet Oskar
wie seinen Augapfel.
Der Taler war nämlich
Oskars erste Piratenbeute.
Den hat er immer
in der Hosentasche.
Denn mit diesem Goldtaler
hat er Piratenglück.

Oskar klettert in den Ausguck.

Da hört er etwas klirren.

Er schaut nach unten.

Sein Taler rollt über die Planken.

„Hilfe, mein Taler!", schreit Oskar.

Sein Freund Knut springt herbei

und will den Goldtaler retten:

Zu spät, der Taler versinkt im Meer.

Oskar fasst in seine Hosentasche.
Darin ist ein großes Loch.
Er klettert nach unten
und starrt ins Wasser.
Wo ist nur sein Goldtaler?
Oskar kann ihn nicht sehen.
Was soll er jetzt nur tun?
„Angeln", rät ihm sein Freund Knut.
„Mit einem Magneten!"

„Gute Idee", ruft Oskar begeistert.
Er bindet einen Magneten
an die Angel und fängt an.
„Ich hab was",
sagt Oskar aufgeregt
und zieht die Beute hoch.
Aber es ist nur ein krummer Nagel.

Oskar fischt alles Mögliche heraus:
eine verbeulte Dose,
ein verrostetes Messer
und sogar einen Kompass.
„Du Glückspilz", sagt Knut.
„So einen wollte ich
schon immer haben."
Oskar gibt ihm den Kompass.
Er ist kein Glückspilz!
Ohne seinen Goldtaler
ist er ein Pechvogel.

„Mit dem Magneten
klappt das nicht!",
sagt Oskar unglücklich.
„Dann tauch doch nach dem Taler",
schlägt Knut vor.
Oskar wird knallrot.
„I-ich ka-kann do-doch nicht
gut schwimmen", stammelt er.

Aber Knut hat eine Idee:
Er bindet Oskar
ein Seil um den Bauch.
„Damit kann ich dich halten
und hochziehen", erklärt Knut.

Oskar will nicht tauchen.
Aber ein Pechvogel sein
will er erst recht nicht.
Also springt er mutig ins Meer.

Er bekommt Wasser in die Nase,
doch er geht nicht unter.
„Bereit zum Tauchen?", fragt Knut.
„Wenn du wieder hochwillst,
zieh einfach am Seil!"
Oskar nickt tapfer.
Er holt tief Luft,
hält sich die Nase zu und taucht.
Zum Glück ist die Bucht nicht tief.

Auf dem Meeresgrund sieht er
nur Sand und Steine und Fische.
Dann entdeckt er ein Glitzern.
Oskar greift danach.
So ein Glück: Das ist sein Taler!
Und direkt neben dem Taler steht
eine kleine goldene Truhe.

Aufgeregt zieht Oskar am Seil.
Knut holt ihn schnell hoch.

„Ich hab ihn", japst Oskar
und hält den Goldtaler hoch.
„Ich muss aber noch mal runter.
Da steht noch eine goldene Truhe!
Ich binde das Seil drum,
dann können wir sie hochziehen!"
„Aber ...", ruft Knut.
Doch Oskar
taucht schon wieder runter.
Er bindet das Seil um die Truhe
und schwimmt zurück nach oben.

„Da bist du ja", ruft Knut erleichtert
und hilft Oskar aufs Schiff.
„Ich dachte,
du kannst nicht schwimmen?"
Oskar lacht.
„Glückspilze lernen schnell",
sagt er.
„Und Glückspilze
mit einem Glückstaler
finden sogar einen Schatz!"
„Aber nur, wenn sie ein Loch
in der Hosentasche haben",
erwidert Knut grinsend.
Und dann ziehen sie gemeinsam
die goldene Truhe an Bord.

**43**

## Amanda Krause

studierte Sprachen und Geschichte. Daher weiß sie auch so einiges über Piraten. Für sie selbst wäre dieser Beruf allerdings nichts: Auf hoher See wird Amanda Krause nämlich seekrank. Deshalb paddelt sie lieber mit kleinen Kanus auf windstillen Seen und ruhigen Flüssen herum – aber auch da erlebt sie manchmal spannende Abenteuer ...

## Irmgard Paule

arbeitete lange Zeit als Werbegrafikerin. Nach 10 Jahren hatte sie genug davon und fing an, Kinderbücher zu illustrieren. Davon hat sie nämlich schon als Kind geträumt. Und seitdem bevölkern die witzigen Figuren von Irmgard Paule unzählige Bücher: Ihre frechen Hexen düsen auf schnellen Besen durch die Lüfte, Karo Karotte treibt immer und überall Schabernack, und ihre Piraten machen sämtliche Weltmeere unsicher ...

# Leserätsel

## mit dem Leseraben

Hast du die Geschichten ganz genau gelesen?
Der Leserabe hat sich ein paar spannende
Rätsel für echte Lese-Detektive ausgedacht.
Mal sehen, ob du die Fragen beantworten
kannst. Wenn nicht, lies einfach noch mal
auf den Seiten nach. Wenn du die richtigen
Antwortbuchstaben in die Kästchen auf Seite 47
eingesetzt hast, bekommst du das Lösungswort.

## Fragen zu den Geschichten

**1.** Warum sollen die Piraten Zielen üben? (Seite 10)

S : Weil sie es in der Piratenschule nicht
    gelernt haben.

K : Damit sie besser Schiffe kapern können.

**2.** Warum ist der Kapitän morgens so schlecht
gelaunt? (Seite 17)

A : Weil er solchen Hunger hat.

E : Weil ihm das Frühstück nicht schmeckt.

**3.** Warum weiß Nils, wie man das Seeungeheuer besänftigt? (Seite 23)

   P : Weil der Kapitän auch ein ungeheurer Morgenmuffel ist.

   B : Weil der Kapitän auch ein Ungeheuer ist.

**4.** Warum ärgern sich die anderen Piraten über Leif? (Seite 25)

   E : Leif will die ganze Zeit Schiffe kapern.

   I : Leif denkt immer nur nach, statt Schiffe zu kapern.

**5.** Weiß der Verkäufer im Spielzeugladen wo es Fenlasen gibt? (Seite 30)

   S : Ja, er verkauft Leif einen ganzen Karton voll.

   T : Nein, aber er rät Leif, welche zu basteln.

**6.** Warum taucht Oskar am Ende doch noch? (Seite 37 und 38)

   N: Er will seinen Glückstaler wiederhaben.

   M: Weil er seinen Freund zeigen will, dass er keine Angst vorm Wasser hat.

## Lösungswort:

| 1 | 2 | 3 | 4 | 5 | Ä | 6 |
|---|---|---|---|---|---|---|

Iris Tritsch

# Der Piratenpapa

## Mit Bildern von Silke Voigt

# Inhalt

## Volle Fahrt voraus

Die Lehrerin blickt auf ihre Uhr.
„Jonas, nun erzähle uns schnell,
was für einen Beruf dein Vater hat."
Jonas zögert.
Toms Vater ist Polizist.
Er jagt Verbrecher.
Tims Vater ist Tierarzt.
Er impft Hunde und Katzen.

Robins Vater sitzt im Büro
und zählt den ganzen Tag lang Geld.
Jonas gibt sich einen Ruck.
„Mein Vater ist Piratenkapitän.
Er segelt über die sieben Meere.
Er kämpft gegen Seeungeheuer
und holt Schätze
aus den Tiefen des Ozeans."

Leon, direkt neben Jonas,
verdreht die Augen und kichert.
Die Lehrerin seufzt nur.
Jonas schluckt.
Jetzt denken bestimmt alle,
dass er ein Lügner ist.
Einer der schwindelt,
um sich wichtigzumachen.

Mit hängenden Schultern
schlurft er nach Hause.
Er grübelt. In zwei Tagen
hat er Geburtstag.
Er würde so gerne feiern.
Aber er traut sich nicht.
Bestimmt will keiner
zu seiner Party kommen.

„Jonas, wo bleibst du denn?"
Seine Mutter steht in der Tür.
„Wir brauchen dringend noch
Brot und Käse."
Sie wirft einen warnenden Blick
über ihre Schulter. „Beeile dich."

Doch ehe Jonas losgehen kann,
ertönt ein fürchterliches Poltern
aus der Abstellkammer.
„Zum Donnerfurz noch mal!
Endlich hab ich sie gefunden!"
Mit einem lauten Knarren
fliegt die Tür auf.
„Hallo, Papa", sagt Jonas.
Er kann sich ein Grinsen
nicht verkneifen.
Da steht sein Vater
und sieht wirklich ganz und gar
furchterregend aus.
Der schrecklichste Pirat
der sieben Meere.

Er hat Arme wie Baumstämme
und einen wilden zotteligen Bart,
der ihm bis auf die Brust fällt.
An seinem Gürtel blitzt ein Säbel.
Dabei ist er der liebste Papa,
den man sich vorstellen kann.

Sein Vater nimmt
eine alte Schatztruhe
in seine großen Hände.
Nun stemmt er die Truhe
in die Höhe und schüttelt sie,
dass die Münzen klirren.

58

„Mein Junge, wir gehen einkaufen!",
sagt er strahlend.
Jonas seufzt leise.
Einkaufen mit seinem Vater
ist immer ziemlich anstrengend.
Seine Mutter findet das auch.
„Die Schatztruhe bleibt hier",
schimpft sie.
„Beim stinkenden Haifischzahn!
Dann gehen wir eben ohne."

Beleidigt stellt der Pirat
die Kiste zurück.
Er holt seinen Hut,
steigt in die schweren Stiefel
und ruft mit donnernder Stimme:
„Volle Fahrt voraus!"

# Im Supermarkt

Auf dem Weg zum Supermarkt
ist Jonas sehr still.
„Du siehst aus, als hättest du
schlechten Fisch gegessen",
sagt sein Vater besorgt.
Er runzelt die Stirn.
„Du wirst doch nicht krank?"
Jonas schüttelt den Kopf.

Dann erzählt er seinem Vater,
was mit ihm los ist.
Der Pirat denkt nach.
„Mein Junge,
du bekommst die tollste
Geburtstagsparty aller Zeiten."
Im Geschäft stapft der Pirat
durch die Regalreihen.
Vor einem Stapel Dosenfisch
bleibt er stehen.
Er verzieht das Gesicht.
„Igitt. Wer hat den Schrott
denn gefangen? Daran beißt
man sich doch die Zähne aus!"
Jonas blickt verlegen um sich.
Die Leute tuscheln schon.

Aber nun hat der Piratenkapitän
die Käsetheke entdeckt
und marschiert los.
„Kann ich Ihnen helfen?",
fragt die Verkäuferin.
Jonas' Vater schnaubt wütend.
„Ich brauche keine Hilfe!",
donnert er.
„Ich bin der stärkste Pirat
der sieben Meere und
kann meinen Käse selbst holen!"
Er zieht seinen Säbel und spießt
einen großen Emmentaler auf.
Dann dreht er sich zu Jonas um.
„Willst du mal probieren?"

Jonas schüttelt den Kopf.

„Stimmt", sagt sein Vater.

„Käse schmeckt am besten

mit Brot zwischen den Kiemen."

„Ich gehe schon zur Kasse",

stammelt Jonas.

Keine Sekunde länger

will er hierbleiben.

„Bin schon da!", keucht sein Vater.

Jonas stöhnt.

Auf dem Säbel sind
nicht nur Käse und Brot.
Auch eine Ananas, ein Schinken
und zwei Äpfel stecken
auf der scharfen Klinge.

Jetzt zieht der Pirat
seinen Hut vom Kopf.
Dort thronen fünf Goldtaler.
„Der Rest ist für Sie",
sagt der Kapitän und
wirft die Münzen auf das Band.
„Komm, Jonas,
wir lichten den Anker!"
Er verschwindet
durch die Schiebetür.
Jonas zieht einen Geldschein
aus der Hosentasche.
„Ich bezahle", stottert er.

Draußen beißt sein Vater
gerade in den Schinken.
„Ich habe die tollsten Einfälle
für deinen Geburtstag",
schmatzt er.
Jonas lächelt schief.
„Du brauchst dir keine Sorgen
zu machen."
Sein Vater klopft ihm
auf die Schulter.
„Wir werden das Schiff
schon schaukeln!"

# Flaschenpost

Am nächsten Morgen
muss Jonas rennen.
Er hat den Wecker nicht gehört.
„Puh!", ächzt er.
Seine Tasche ist doch sonst
nicht so schwer.
Er klappt den Deckel hoch
und staunt.
Der Ranzen ist bis oben hin
vollgestopft mit Flaschen!
Eine schmutziger als die andere.

Sein Tischnachbar Leon
rümpft die Nase.
„Hier stinkt's nach Fisch."
Neugierig beugt er sich
über die Schultasche.
„Da hängt ein Schild
mit meinem Namen dran!"
Leon greift in Jonas' Ranzen.

Er zieht eine Flasche heraus.
Sie ist voller Algen.
An der Flasche hängt
eine Kordel mit einem Zettel.
L-e-o-n steht darauf.
In der Flasche steckt
ein zusammengerollter Brief.

„Eine Flaschenpost",
flüstert Leon.
Er zieht den Stöpsel
aus der Flasche und
holt den Zettel heraus.
Vorsichtig rollt er
das Papier auseinander.
Darauf steht:

Einladung
zur Piratenparty
Wann: Morgen
Wo: Bei Jonas
Nichts für
Landratten und
Feiglinge!

Jonas' Herz klopft wie wild.
Er hat die Handschrift
auf dem Papier sofort erkannt.
Inzwischen ist sein Tisch
von Kindern umstellt.
Mit rotem Kopf verteilt Jonas
seine Flaschenpost.

Die Lehrerin betritt die Klasse.
„Hier stinkt es abscheulich!",
schimpft sie und eilt zum Fenster.
Sie ist ganz blass geworden.
„Ich hasse Fisch", murmelt sie.
Benommen lässt sie sich
auf ihren Stuhl sinken.
„Kann mir einer erklären,
was das soll?"

Ein Flüstern geht durch die Klasse.

Jonas meldet sich.

„Ich feiere meinen Geburtstag.

Mein Vater hat die Einladungen

selbst gebastelt",

entschuldigt er sich.

Leon kichert.

„Als er gerade

mit seinen wilden Piraten

über die sieben Meere

gesegelt ist."

# An die Brötchen!

„Alle hören auf mein Kommando!"
Die Piraten stehen
in Reih und Glied
vor ihrem Kapitän.
„Wird gemacht, Käpt'n!",
rufen sie.

„Nehmt eure Plätze ein!",
ruft Jonas' Vater jetzt.
Der Schiffskoch Mathis
verschwindet in der Küche.
Die anderen stapfen
in den Garten.
Die Piraten schleppen
Holztische und Bänke
auf die Wiese.

„Ich brauche eine Pause",
ächzt Piet. „Mein Glasauge
beschlägt schon."
„Hier wird nicht gemeutert!",
donnert Jonas' Vater.
„Hisst die Flagge
und zieht die Leinen hoch!"
„Aye, aye, Käpt'n!"
Die Piraten spuren.
Schon flattert die Piratenflagge
am Fahnenmast und die Girlanden
hängen zwischen den Bäumen.

Jonas stutzt. Nun schleppen
die Seeleute einen Eimer
in den Garten.
„Das war meine Idee!", ruft Klaas,
der Pirat mit dem Holzbein.
Er platzt fast vor Stolz.
Klaas greift in den Eimer
und holt Algen heraus.
Mit Schwung wirft er
die stinkenden Meerespflanzen
über die Äste.
„Zum Donnerfurz!
Dein Partyschmuck ist wirklich
unschlagbar!", ruft der Kapitän.

Sie sind jetzt fast fertig.
Nur die Brötchen müssen noch
geschmiert und belegt werden.
„Ich dachte, Mathis kümmert sich
um das Essen",
sagt Jonas erstaunt.
Der Schiffskoch ist nun schon
seit einiger Zeit in der Küche.
„Mathis hat zu tun",
sagt Jonas' Vater geheimnisvoll.

„Also Männer, an die Brötchen!",
ruft sein Vater.
Er zieht den Säbel.

Und los geht es.

Die Piraten arbeiten Hand in Hand.

Einer wirft die Brötchen
in die Luft.

Einer zerteilt sie im Flug.

Der Dritte fängt sie auf.

Der Vierte bestreicht sie
mit Butter.

Und der Fünfte wirft Salami,
Schinken und Käsescheiben
auf die Brötchenhälften.

„Gut gemacht, Männer",
sagt Jonas' Vater
nach getaner Arbeit.
„Jetzt kann das Schiff ablegen."

# Die Geburtstagsparty

Zur Feier des Tages
hat Jonas' Vater
seinen Bart zu Zöpfchen geflochten.
Er trägt sein bestes Piratenhemd
und seine Stiefel glänzen.
„Und wenn keiner kommt?",
flüstert Jonas.
Ihm ist ganz schlecht
vor lauter Aufregung.

Da hört er plötzlich Piet
aus dem Apfelbaum rufen:
„Ki-i-i-n-d-e-r in Sicht!!!"
Tatsächlich. Da sind sie.
Gerade betreten sie die Einfahrt.
Dort steht schon die Mannschaft,
um die Kinder zu begrüßen.

„Alle Mann an Bord!",
ruft Jonas' Vater.
Er öffnet das Gartentor.
Der Piratenkapitän
klatscht in die Hände.
Klaas und Piet rollen ein Fass
über die Wiese.
„Genau das Richtige
für vertrocknete Kehlen",
sagt Jonas' Vater.
Die Piraten jubeln lautstark.

„Ich verdurste schon fast!",
brüllt Klaas.
„Du bist der Erste, der probiert",
bestimmt der Kapitän.
Klaas lässt sich ins Gras fallen.
Er öffnet seinen Mund.
Piet dreht den Zapfhahn auf.
„Ih-hö-hö." Klaas schüttelt sich.
„Der Rum ist schlecht."
Jonas' Vater lacht schallend.
„Rum ist nichts für Kinder.
Deshalb gibt es Apfelschorle."

Der Schiffskoch Mathis
öffnet das Küchenfenster.
„Wettessen!", brüllt er.
Leon hebt sofort seine Hand.
„Ich mache mit."
„Ich auch, ich auch!", ruft Tim.
Nun tragen die Piraten auf:
Einen dampfenden Topf
voller Fischabfälle und Algen
stellen sie vor Leon und Tim
auf den Tisch.

Tim und Leon werden bleich.
„Papa, das ist nur etwas
für Piraten", flüstert Jonas.
Sein Vater grinst.
Er gibt den Piraten ein Zeichen.
Hinter den Büschen haben sie
ein Tablett versteckt.
Ganz viele Schokoküsse
stapeln sich darauf.
„Mögt ihr die etwa lieber?",
fragt er lachend.

Als alle Küsse verputzt sind,
räuspert sich der Kapitän.
„Jetzt wird gespielt."
„Ich wünsche mir Eierlaufen",
sagt Jonas.
„Eier sind aus!", ruft Mathis
aus der Küche.
„Geht auch so." Piet holt
einige Fischköpfe aus dem Topf.
Damit klappt es prima.
Jonas gewinnt den Wettlauf.

Langsam wird es dunkel.
Die Piraten zünden
die Laternen an.
Sie machen ein Lagerfeuer.
Piet und Klaas spielen Akkordeon
und singen schaurige Lieder.

Plötzlich springt Jonas' Vater auf.
„Alle Mann an die Kanonen!",
ruft er.
Auf einmal zischt und knallt es.
Ein gigantisches Feuerwerk
erhellt den Abendhimmel.
„Zum Geburtstag viel Glück",
singen die Piraten
und mit ihnen alle Kinder.

Für **Iris Tritsch** gibt es nichts Schöneres, als sich sonntagmorgens mit ihren Kindern auf spannende Abenteuerreisen zu begeben. Gruselige Bettdeckengespenster und Kopfkissenmonster wecken die tollsten Ideen für ihre Kinderbücher. Da kann es schon mal passieren, dass eine Horde wilder Piraten über die Bettkante springt und schnurstracks in die Ideensammlung für ein neues Buch wandert.

**Silke Voigt**
wurde 1971 in Halle an der Saale geboren. Sie hat an der Kunsthochschule Burg Giebichenstein in Halle und an der Hochschule für Gestaltung in Münster Grafikdesign studiert. Seit 1996 arbeitet sie als freiberufliche Illustratorin. Für den Leseraben hat sie zahlreiche Bücher illustriert und erzählt in wunderbaren Bildern von mutigen Piraten, frechen Hexen und frechen Ponys.

# Leserätsel
## mit dem Leseraben

Hast du die Geschichten ganz genau gelesen?
Der Leserabe hat sich ein paar spannende
Rätsel für echte Lese-Detektive ausgedacht.

# Rätsel 1

In jedem Satz fehlt ein Wort. Wenn du dir nicht
sicher bist, lies auf den Seiten noch mal nach!

1. Jonas' Vater ist ▧▧▧▧▧. (Seite 53)

2. Sein Vater hat einen wilden zotteligen
   ▧▧▧▧. (Seite 57)

3. Im Supermarkt spießt er Käse, Brot und
   Schinken auf seinen ▧▧▧▧▧. (Seite 64)

4. Auf der Klinge stecken außerdem ▧▧▧▧
   Äpfel. (Seite 64)

**90**

# Rätsel 2

Füge die Wörter aus der Geschichte
wieder richtig zusammen!
Schreibe die Wörter auf ein Blatt.

Geburtstags-        -truhe

                -post              Flaschen-

Schiffs-                        -koch

            Schatz-                    -party

# Rätsel 3

Der Leserabe hat sich ein Quiz ausgedacht!
Kannst du die Fragen beantworten?
Schreibe die Antwort in die Kästchen:

1. Was trägt der Piratenkapitän auf dem Kopf?

2. Worin befinden sich die Münzen?

3. Wer feiert Geburtstag?

4. Was werfen die Piraten als Partyschmuck über
   die Äste?

Bernhard Hagemann

# Potzblitz, Piraten!

## Mit Bildern von Anja Rieger

# Inhalt

# Die Piratenmacke

Ich bin Florian.

Philipp ist mein kleiner Bruder.

Er hat zurzeit eine Piratenmacke.

Von morgens bis abends

rennt er mit Augenklappe

und Holzsäbel herum und macht unsere

Wohnung unsicher.

Sein Bett ist ein Piratenschiff.

Die Kissen sind Kanonenkugeln.

Und wenn ich sein Zimmer betrete,

werde ich sofort beschossen.

Wusch, krieg ich ein Kissen ab.

„Klar zum Kapern!",

schreit Philipp dann.

Das Gebrüll ist nervtötend.

Wie gut, dass Papa heute
mit uns segeln gehen will.
Wir haben
ein Segelboot am Ammersee.
„Segeln ist blöd!",
nölt mein Bruder.
„Ich bleib hier!"
„Du bleibst nicht hier", sage ich.
„Außerdem segeln Piraten auch."
„Aber auf dem Meer und nicht
auf so einem langweiligen See!"

Da Mama beim Arzt ist,

kann Philipp nicht zu Hause bleiben.

Und ich will unbedingt zum Segeln.

Also muss er mit.

Aber Philipp

schüttelt stur den Kopf.

„Du kommst mit",

sage ich entschieden.

„Wir kapern auch ein Schiff!"

„Kapern?!"
Sofort hört Philipp
mit Kopfschütteln auf.
„Kapern wir ein Schiff?",
fragt er Papa.
„Klar kapern wir ein Schiff!",
meint Papa und lacht.

# Auf Beutejagd

Schnell packen wir unsere Sachen:
Handtücher, Badehosen, Proviant.
Wenig später liegt der See
groß und blau vor uns.
Ein paar Segel tanzen
wie weiße Dreiecke auf den Wellen.
„Zieht euch die Schwimmwesten an",
sagt Papa,
während er das Schiff klarmacht.

„Nö!", sagt Philipp.
„Schwimmwesten
sind total unpiratig!"
„Dafür säufst du nicht ab,
wenn wir kentern", sage ich.
„Piraten kentern nicht",
meint Philipp.
„Keine Diskussion!",
sagt Papa streng.
„Zieh die Schwimmweste an!"

Wir legen vom Steg ab.

Der Wind bläht die Segel.

Ich sitze am Vorsegel

und Papa am Ruder.

Und Philipp schaut über den See.

„Klar zum Kapern!",

ruft er und fuchtelt

mit seinem Holzsäbel herum.

„Was denn?", frage ich.

In unserer Nähe

ist nichts zu sehen.

„Das Schiff da hinten!",

schreit Philipp und deutet

auf ein weißes Segel in der Ferne.

„Den Kurs ändern!"

Kurs ändern geht aber nicht.

Der Wind weht

aus der falschen Richtung.

Und Papa freut sich

an den geblähten Segeln.

„Los jetzt!", ruft Philipp.

„Wir wollen doch kapern!"

„Das geht jetzt aber nicht",
versuche ich ihn zu beruhigen.
Aber Philipp nervt weiter.
„Hör doch mal
mit deinem blöden Kapern auf!",
fauche ich Philipp an.

„Kapern ist nicht blöd!",
schreit Philipp.
„Außerdem hat Papa
es versprochen!"
„Wir kapern ja auch", sagt Papa.
„Aber da sind keine Schiffe",
mault Philipp.
„Halt jetzt mal die Klappe!",
zische ich.
Und Philipp tut mir wirklich
den Gefallen: Er schmollt.
Eine Wohltat.

## Kein Mensch, keine Beute!

Unser Boot saust dahin,
das Wasser plätschert.
Wir sind nicht weit vom Ufer.
Da taucht vor uns
ein hölzernes Badefloß auf.
Menschenleer
und weit und breit niemand,
der darauf zuschwimmt.

„Feindliches Schiff in Sicht!",
ruft Papa plötzlich.
„Klarmachen zum Kapern!"
Philipp reckt den Hals
aus seiner Schwimmweste hervor.
„Wo?", fragt er.
„Na da!", sage ich
und deute auf das Floß.

„Das ist kein Schiff",
mault mein Bruder enttäuscht.
„Da gibt es nichts zu kapern!"

„Klar kann man das kapern",
sage ich mit Wut im Bauch.
„Wartet mal", sagt Papa.
„Ich fahre ganz nah ran und dann
klettert ihr beide hinüber."
Ich bewaffne mich
mit einem Paddel
und springe aufs feindliche Floß.

„Ergebt euch!",
schreie ich und fuchtle
wie ein Irrer mit dem Paddel herum.
„Der Pirat der Königin!
Her mit eurem Gold.
Her mit den Edelsteinen.
Her mit den Schätzen.
Sonst rollen die Köpfe.
Los, Philipp, komm.
Ich brauche Verstärkung!"

Aber Philipp kommt nicht.
„Ein Floß kann man nicht kapern",
sagt er. „Da ist nichts:
kein Mensch und kein Gold."
Papa kann das Boot
nicht länger am Floß halten
und ich springe zurück.

„Dann lass uns jetzt auch
mit deinem blöden Kapern in Ruhe",
fauche ich Philipp an.
Aber Philipp lässt uns nicht in Ruhe.

Wie aus dem Nichts
taucht plötzlich dieses Schiff auf.
Es ist viel schneller als wir.
„Klarmachen zum Kapern!",
brüllt Philipp begeistert.
„Pssst!", zischt Papa.
„Nicht so laut!"

„Du musst näher ranfahren!",
ruft Philipp
und schwingt seinen Holzsäbel.
Aber da rauscht das andere Schiff
schon an uns vorbei.
„Wieso haben wir
das Schiff nicht gekapert?",
schreit Philipp.

„Weil du vorhin nicht wolltest",
sagt Papa.
„Mal willst du kapern,
dann wieder nicht.
Außerdem war das Schiff
viel zu schnell."
„Huhhhh!", heult Philipp.
„Du hast aber versprochen,
dass wir ein Schiff kapern!"
„Mann, Philipp!", stöhne ich.
„Du gehst mir auf die Nerven
mit deinem blöden Kapern!"

## Der Anfall

„Wollen wir baden?", fragt Papa
nach einer Weile.
Ich nicke, Philipp schweigt.
Wir segeln zum Steg
und machen das Boot fest.
Papa und ich springen ins Wasser.
Philipp bleibt im Boot sitzen.

Ich tauche bis zum Grund
und hole einen Stein nach oben.
Einen flachen Super-Flitzestein.
„Hier, der Stein springt
bestimmt toll über den See!",
rufe ich Philipp zu.
Aber Philipp schmollt weiter.

Als Papa und ich
wieder aus dem Wasser kommen,
machen wir uns daran,
die Segel einzupacken.

Da bekommt mein Bruder
einen Anfall.
„Ich will ein Schiff kapern!",
schreit er mit einem Mal
und wirft sich
auf den Boden des Bootes.

„Du hast versprochen,
dass wir ein Schiff kapern!"
„Philipp!", sagt Papa scharf.
„Hör auf mit dem Theater!"
„ICH WILL EIN SCHIFF KAPERN!"
Ein Ehepaar läuft auf dem Steg
an uns vorbei und schaut erstaunt.
„Nicht einfach mit Kindern",
murmelt Papa verlegen.
Die Frau lächelt verständnisvoll
und geht mit ihrem Mann
weiter zu einem Segelboot.

„ICH WILL EIN SCHIFF KAPERN!"
Da steigt Papa aus dem Boot.
Er geht zu dem Ehepaar
und spricht mit ihm.
„ICH WILL EIN SCHIFF KAPERN!",
brüllt Philipp.

Papa kommt wieder zurück.
„Wir legen noch mal ab!",
sagt er und packt
die Segel wieder aus.
„Wieso denn das?", frage ich.
Papa guckt mich nur an.
Ich sage nichts mehr.
Und Philipp hört auf zu schreien.

## Na los jetzt!

Wenig später segelt das Ehepaar
langsam an uns vorbei.
Plötzlich ruft Papa:
„Feindliches Schiff in Sicht!
Alles klarmachen zum Kapern!"
Philipp kapiert erst mal nicht,
was da vor sich geht.
Doch dann leuchtet sein Auge,
das er nicht mit der Augenklappe
bedeckt hat.

„Klar zum Kapern!",
schreit er schließlich.
Papa segelt so nahe
an das andere Boot heran,
dass er es fassen kann.
„Wir sind Piraten!", ruft Papa
mit gespielt finsterer Stimme.
„Geben Sie uns Schmuck
oder Süßigkeiten!"

„Oh Piraten! Oh Piraten!",
schreit die Frau
im anderen Schiff verzweifelt.
„Tut uns nichts!"
„Oh Piraten! Oh Piraten!",
ruft auch ihr Mann.
Papa hält die Boote zusammen.
Ich warte darauf,
dass Philipp zum Angriff übergeht.

Aber Philipp rührt sich nicht.

Und er sagt auch nichts.

„Na los, Philipp!", rufe ich ihm zu.

Aber Philipp verschränkt
nur die Arme vor seiner Brust.

„Was ist?", frage ich.

„Los, kapern!"

„Oh Piraten! Oh Piraten!",
jammert die Frau im anderen Boot.

„Tut uns nichts!"

„Philipp, kapere jetzt endlich!",
fordert Papa ungeduldig.
„Ich helfe dir auch
beim Rüberklettern!"
„Du sollst kapern!",
sagt Philipp da.
Papa verdreht die Augen.
„Ich kapere doch schon!",
sagt er genervt.
„Ich halte dir das Boot."
„Das ist kein richtiges Kapern!",
sagt Philipp.

„Oh Piraten! Oh Piraten!",
ruft die Frau im anderen Boot.
„Philipp! Würdest du bitte
jetzt das Schiff kapern!",
sagt Papa nun in ernstem Ton.
„Du sollst aber kapern!",
sagt Philipp.
„Du bist der Pirat!", sagt Papa.
„Du bist der Piratenpapa",
ruft Philipp. „Du sollst kapern!"
„Oh Piraten! Oh Piraten!",
jammert die Frau im anderen Boot.
„Tut uns nichts!"

Papa guckt mich an.
„Florian, halt bitte
die Boote zusammen",
sagt er. „Ich gehe kurz kapern."
Ich halte das andere Boot fest
und Papa hangelt sich hinüber.
„Oh Piraten! Oh Piraten!
Tut uns nichts!", ruft die Frau
und gibt Papa
eine Handvoll Bonbons.

In diesem Augenblick
bläht eine Windböe unsere Segel.
Ich werde davon völlig überrascht.
Mir rutscht das andere Boot
aus den Händen.
Unser Boot nimmt Fahrt auf.
„Papa!", rufe ich.
„Papa!", schreit Philipp.
Papa ist total verdattert.

Aber dann ruft er:
„Wirf den Rettungsring
mit der Leine zu mir!"
Ich nehme den Ring
und werfe ihn in seine Richtung.
Papa springt ins Wasser
und krault, so schnell er kann.
Zum Glück bekommt er
den Ring zu fassen.

Aber leider verliert er
dabei einen Teil der Beute.
Die Bonbons schwimmen
in glitzernden Folien im Wasser.

„Papa, unsere Beute!", schreie ich
und ziehe mühsam den Ring heran.
Papa klettert erschöpft ins Boot.

In seiner rechten Hand
hat er immer noch drei Bonbons.
„Hurra!", schreit Philipp und strahlt.
„Wir haben ein Schiff gekapert!"
Wir teilen die Beute und schlagen
die Handflächen gegeneinander.
„Klasse Piratenarbeit!", sage ich.

**Bernhard Hagemann**, 1956 in Bad Reichenhall geboren, wuchs im Chiemgau auf. Nach kurzen Assistenzen bei verschiedenen Fotografen arbeitet er seit 1982 als freischaffender Fotograf. Seit 1992 schreibt er Kinder- und Jugendbücher. Er lebt mit seiner Familie in der Nähe von München.

**Anja Rieger**, 1961 geboren, hat erst Gold-schmiedin gelernt und dann Grafik-Design an der Hochschule der Künste Berlin studiert. Als es ihr in den Werbeagenturen zu eng wurde, machte sie sich 1993 selbstständig und begann auch Bilderbücher zu illustrieren und schreiben. Seitdem schwingt sie mit großer Begeisterung Stift und Pinsel und geht auch gerne auf große Kaperfahrt oder steigt hoch in die Lüfte ...

# Leserätsel

**mit dem Leseraben**

Hast du die Geschichte ganz genau gelesen?
Der Leserabe hat sich ein paar spannende
Rätsel für echte Lese-Detektive ausgedacht.
Mal sehen, ob du die Fragen beantworten
kannst. Wenn nicht, lies einfach noch mal
auf den Seiten nach. Wenn du die richtigen
Antwortbuchstaben in die Kästchen auf Seite 135
eingesetzt hast, bekommst du das Lösungswort.

**Fragen zu den Geschichten**

**1.** Womit wird Florian in Philipps Kinderzimmer
beschossen? (Seite 97)
  P : Mit Kissen.
  M: Mit Tennisbällen.

**2.** Warum will Philipp seine Schwimmweste nicht
anziehen? (Seite 102)
  O: Sie ist ihm zu groß.
  I : Er findet sie total unpiratig.

**134**

**3.** Warum können sie den Kurs nicht ändern? (Seite 104)

R: Weil der Wind aus der falschen Richtung weht.

E: Weil Papa keine Lust hat.

**4.** Was holt Florian aus dem Wasser? (Seite 116)

A: Einen Super-Flitzestein.

L: Einen Fisch.

**5.** Wieso lässt Florian das Boot los? (Seite 128)

A: Weil Papa mit dem Kapern fertig ist.

T: Weil eine Winböe das Segel bläht.

**6.** Warum kriegt Papa den Rettungsring zu fassen?
(Seite 129)

E: Weil er schnell krault.

K: Weil das Boot langsamer wird.

**6.** Wie viele Beute-Bonbons bleiben übrig? (Seite 131)

N: Drei.

H: Sechs.

## Lösungswort:

| 1 | 2 | 3 | 4 | 5 | 6 | 7 |
|---|---|---|---|---|---|---|
|   |   |   |   |   |   |   |

# Leserätsel
## mit dem Leseraben

Super, du hast das ganze Buch geschafft!
Hast du die Geschichten ganz genau gelesen?
Der Leserabe hat sich ein paar spannende Rätsel
für echte Lese-Detektive ausgedacht. Wenn du
Rätsel 4 auf Seite 138 löst, kannst du ein Buchpaket
gewinnen!

# Rätsel 1

In jedem Satz fehlt ein Wort. Wenn du dir nicht
sicher bist, lies auf den Seiten noch mal nach!

1. Das Seeungeheuer _____ sein
   riesiges Maul weit auf. (Seite 22)

2. Er zieht seinen _____ und spießt
   einen großen Emmentaler auf.  (Seite 62)

3. Der _____ bläht die Segel. (Seite 103)

4. Alles klarmachen zum _____ .
   (Seite 121)

**136**

# Rätsel 2

Füge die Wörter aus den Geschichten
wieder richtig zusammen!
Schreibe die Wörter auf ein Blatt.

Holz-  Wel-  -pass  -che

Kom-  Kü-  -len  -wurm

# Rätsel 3

Der Leserabe hat sich ein Quiz ausgedacht!
Kannst du die Fragen beantworten?
Schreibe die Antwort in die Kästchen.

1. Wie viele Streuselkuchen frisst das
   Seeungeheuer?

2. Was war Oskars erste
   Piratenbeute?

3. Was ist in Jonas' Ranzen?

4. Was ist Jonas' Papa von Beruf?

5. Was erbeutet Phillipps Papa
   beim Kapern?

# Rätsel 4

Beantworte die Fragen zu den Geschichten.
Wenn du dir nicht sicher bist, lies auf den Seiten
noch mal nach!

**1.** Wie besänftigen die Piraten das Seeungeheuer?
(Seite 22)

R: Sie kraulen es hinter den Ohren.

H: Sie schießen ihm ihre Vorräte direkt ins Maul.

**2.** Was gibt es bei Jonas' Geburtstagsfeier zu
essen? (Seite 84)

F : Ganz viele Schokoküsse.

U: Würstchen und Kartoffelsalat.

**3.** Warum bekommt Phillipp einen Anfall? (Seite 117)

N: Er will unbedingt ein Schiff kapern.

L: Er will unbedingt Schokoladeneis essen.

**Lösungswort:**

| 1 | A | 2 | E | 3 |
|---|---|---|---|---|

# Rabenpost

Jetzt wird es Zeit für die Rabenpost! Besuch mich doch auf meiner Homepage **www.leserabe.de** und gib dort unter der Rubrik „Leserätsel" das richtige Lösungswort ein. Es warten außerdem noch tolle Spiele und spannende Leseproben auf dich! Oder schreib eine E-Mail an **leserabe@ravensburger.de**. Jeden Monat werden 10 Buchpakete unter den Einsendern verlost! Natürlich kannst du mir auch eine Karte schicken.

An den LESERABEN
RABENPOST
Postfach 2007
88190 Ravensburg
Deutschland

Ich freue mich immer über Post!

Dein Leserabe

# Ravensburger Bücher

## Leserabe

### 1. Lesestufe für Leseanfänger ab der 1. Klasse

ISBN 978-3-473-**36204**-2

ISBN 978-3-473-**36389**-6

ISBN 978-3-473-**36322**-3

### 2. Lesestufe für Erstleser ab der 2. Klasse

ISBN 978-3-473-**36325**-4

ISBN 978-3-473-**36372**-8

ISBN 978-3-473-**36395**-7

### 3. Lesestufe für Leseprofis ab der 3. Klasse

ISBN 978-3-473-**36329**-2

ISBN 978-3-473-**36259**-2

ISBN 978-3-473-**36399**-5

Ich habe mein nächstes Buch schon gefunden. Und Du?

www.leserabe.de

Ravensburger

ERZ_11_004